Chers amis rongeurs,
bienvenue dans le monde de

Geronimo Stilton

L'Écho du rongeur
Rédaction

Texte de Geronimo Stilton
Coordination éditoriale de Piccolo Tao
Coordination artistique de Gògo Gó *en collaboration avec* Certosina Kashmir
Couverture de Giuseppe Ferrario
Édition de Certosina Kashmir *et* Topatty Paciccia
Illustrations intérieures de Lorenzo Chiavini *et* Roberto Ronchi
Maquette de Merenguita Gingermouse *et* Zeppola Zap
Traduction de Titi Plumederat

www.geronimostilton.com

Pour l'édition originale :
© 2005 Edizioni Piemme S.P.A. – Via del Carmine, 5 – 15033 Casale Monferrato (AL) – Italie
sous le titre *Quattro topi nel Far West !*
Pour l'édition française :
© 2007 Albin Michel Jeunesse – 22, rue Huyghens – 75014 Paris – www.albin-michel.fr
Loi 49 956 du 16 juillet 1949 sur les publications destinées à la jeunesse
Dépôt légal : second semestre 2007
N° d'édition : 17 089/2
ISBN-13 : 978 2 226 17387 4
Imprimé en France par l'imprimerie Clerc à Saint-Amand-Montrond en août 2007

Geronimo Stilton

QUATRE SOURIS AU FAR WEST !

ALBIN MICHEL JEUNESSE

GERONIMO STILTON
SOURIS INTELLECTUELLE,
DIRECTEUR DE *L'ÉCHO DU RONGEUR*

TÉA STILTON
SPORTIVE ET DYNAMIQUE,
ENVOYÉE SPÉCIALE DE *L'ÉCHO DU RONGEUR*

TRAQUENARD STILTON
INSUPPORTABLE ET FARCEUR,
COUSIN DE GERONIMO

BENJAMIN STILTON
TENDRE ET AFFECTUEUX,
NEVEU DE GERONIMO

LA SOURIS QUE JE SUIS !

Mon nom est Stilton, *Geronimo Stilton*.
Je dirige *l'Écho du rongeur*, le journal le plus CÉLÈBRE de l'île des Souris !
Si vous ne me connaissez pas encore, laissez-moi vous expliquer quelle sorte de souris je suis.
Eh bien, je suis... *un rongeur intellectuel !*

Geronimo Stilton !

Voici la souris que je suis : je passe mes journées au bureau, j'écris des livres qui ont du succès dans l'île des Souris et dans le monde entier ! Quand j'ai fini de travailler, j'aime être à la maison…

en pantoufles… devant ma cheminée… à lire un bon livre… à siroter un chocolat chaud… à écouter de la musique… à grignoter des chocolats au roquefort !

Oh, j'adore la vie paisible !

Ma sœur Téa, mon cousin Traquenard et mon neveu Benjamin se plaignent toujours que je n'aime pas voyager. Mais moi, je ne suis **PAS** fait pour la vie aventureuse, parce que…

… je suis sujet au mal de mer…

… je souffre du vertige…

… et je suis un grand **FROUSSARD !**

Mais alors, me direz-vous, comment me suis-je retrouvé en plein **FAR WEST** sauvage, au milieu du désert et des cactus, des rodéos et des taureaux furieux, des pistoleros et des cow-boys ?

FAR WEST ? FAR WEST ? FAR WEST ?

Lisez ce livre et vous comprendrez…

VOICI LA CARTE DE L'AMÉRIQUE DU NORD. SAVEZ-VOUS OÙ SE TROUVE LE FAR WEST ?

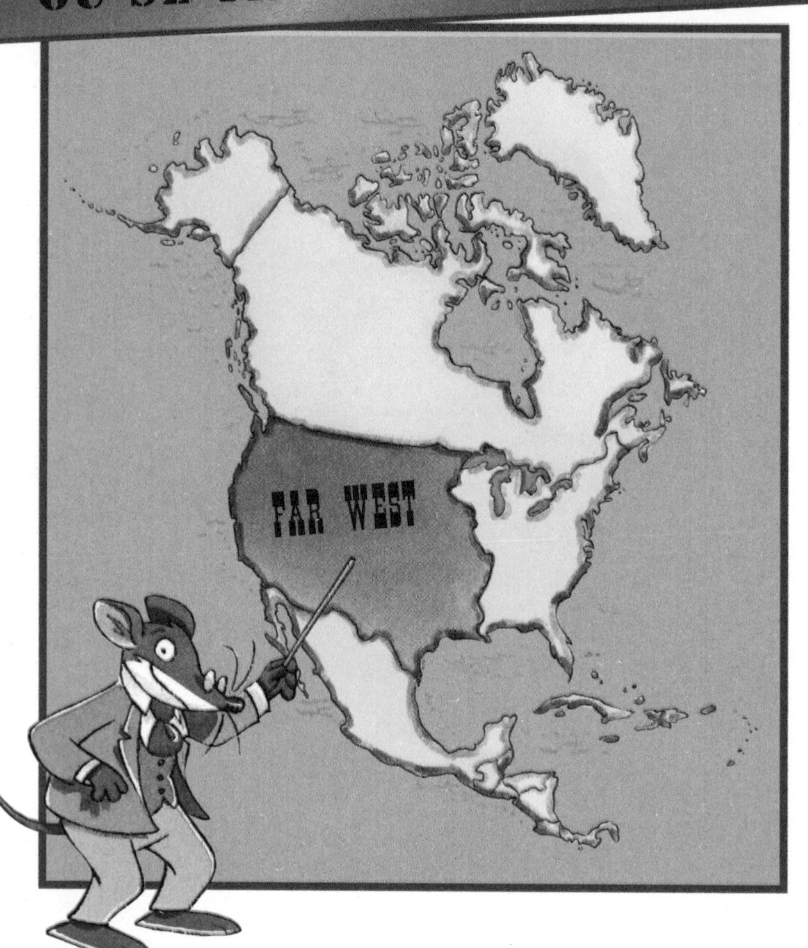

J'étais avec ma sœur Téa, mon cousin Traquenard et mon neveu Benjamin.
Nous traversions ensemble le désert de l'**ARIZONA**.
Autour de nous, rien que du sable, des cailloux, des cactus…
Comme le sable était brûlant sous nos pattes !
Comme il était épuisant de marcher sous le soleil !
Comme j'étais fatigué…
Et, en plus, j'avais une soif épouvantable !
Je secouai ma gourde : elle était vide.
Que n'aurais-je pas donné pour une goutte d'eau !
Au-dessus de nos têtes tournoyaient des **VAUTOURS** qui attendaient de pouvoir nettoyer nos os.

Brrrrrrrrrrrrrrrrrrrrrrrrrrrrrrr !

J'avais l'impression de vivre **UN CAUCHEMAR** !

AAARGH !
AAARGH !
AAARGH !
AAARGH !
AAARGH !

Bienvenue à Cactus City !

Le soleil nous faisait frire la cervelle dans le crâne.

L'air était aussi sec et brûlant que celui qui sort d'un sèche-cheveux.

Enfin, nous vîmes quelque chose qui brillait sur le sable… *des rails de chemin de fer !*

Nous étions sauvés ! En suivant ces rails, nous arrivâmes à un panneau de bois.

J'astiquai mes lunettes pour mieux voir, puis je balbutiai, inquiet :

– À mon avis, cela ne promet rien de **BON** ! Au contraire, ça promet du **MAL** ! Et même **BEAUCOUP DE MAL !**

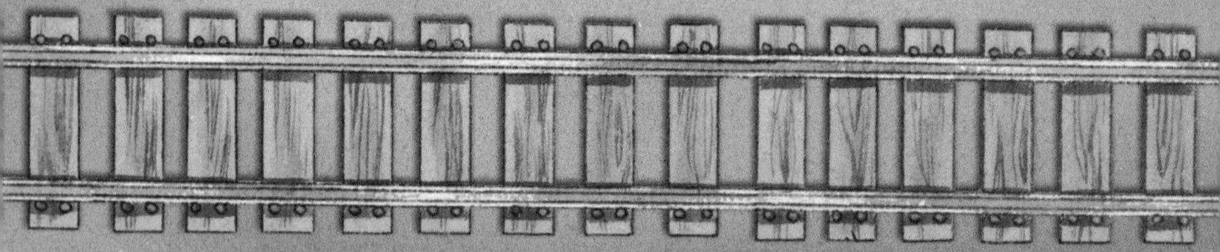

Traquenard me poussa en avant.
– Pfff, toujours aussi pessimiste. Allez, marche !
Je m'écriai :
– Ne me pousse pas ! *Je ne supporte pas d'être poussé !*
En suivant les rails, nous arrivâmes enfin à…
Cactus City !

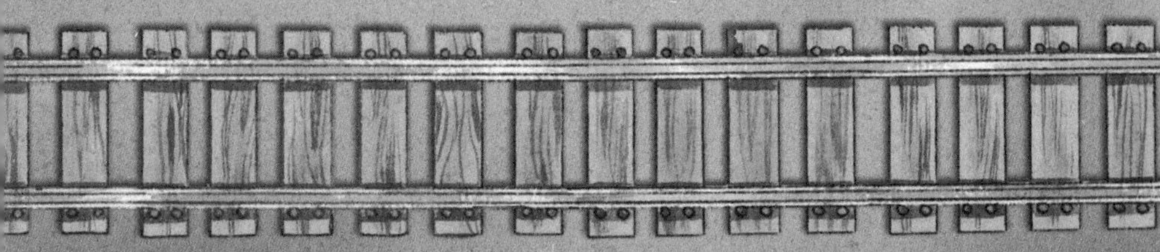

BAZAR
BANQU
CACTUS CITY

SALOON
SHÉRIF
SALOON
IMPRIMERIE
PRISON

CACTUS CITY

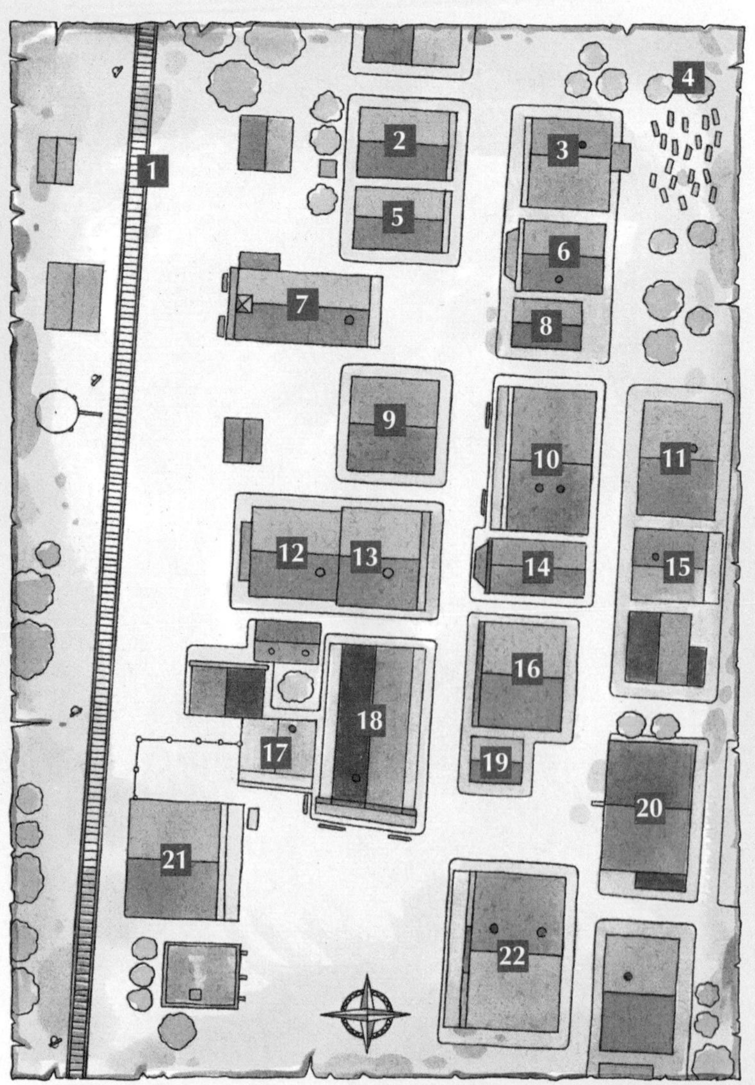

CARTE DE CACTUS CITY

1 Chemin de fer

2 Avocat

3 Croque-mort

4 Cimetière

5 Maison du juge

6 Boutique de mode

7 Station de diligence

8 Forgeron

9 Boutique

10 Saloon

11 École

12 Gare de chemin de fer

13 Entrepôt

14 Imprimerie

15 Maison de l'institutrice

16 Shérif

17 Bazar

18 Banque

19 Prison

20 Maison du médecin

21 Hôtel

22 Infirmerie

La loi au Far West

Au début, dans les villages du Far West, personne ne s'occupait de l'ordre public. Puis le gouvernement des États-Unis envoya des shérifs et des juges pour maintenir l'ordre et faire respecter la loi.

Savoir… savoir…

Un petit vieux à l'air guilleret nous cria :

– Eh, étrangers, combien êtes-vous ? D'où venez-vous ? Où allez-vous ? 1re … 2e ou 3e classe ? Ou alors… **WAGON À BESTIAUX ?**

Puis il écarquilla les yeux.

– M-mais comment êtes-vous habillés ? Vous devez venir de très loin !

Joe le cheminot

PACO LE CONDUCTEUR DE DILIGENCE

Ce sympathique petit vieux s'appelait Joe : c'était l'employé du chemin de fer.

Il nous offrit une assiette de haricots bouillis et une gorgée d'eau.

Il murmura :

– Je regrette de ne pouvoir vous offrir plus d'eau..., mais ici, l'eau est précieuse. Je vous donne un conseil, étrangers. Repartez tout de suite. Ne vous attardez pas à Cactus City !

Savoir pourquoi...

Une diligence traversa la ville au grand galop et s'arrêta juste devant la gare en soulevant un nuage de poussière.

BUCK LE FORGERON

Le docteur Donovan

Savoir… savoir…

Une souris aux moustaches pommadées en descendit : c'était Paco, le **conducteur de la diligence**, qui hurla :

– Cactus City ! Dernier arrêt avant le déseeeeeeeeeeeeeeeeeeeeeeeeeert !

Personne ne descendit de la diligence. Personne ne s'arrêta à **Cactus City**. *Savoir pourquoi…*

Nous entrâmes dans la ville.

J'entendis un bruit métallique. Un gars, *ou plutôt un rat*, martelait une enclume avec force : il avait des muscles à faire peur ! *Savoir qui c'était…* Ah oui : c'était le **FORGERON** !

TOMMY L'IMPRIMEUR

Je vis passer le *docteur*, tout essoufflé, qui criait :

– Plaaaaaaaaace !

Savoir où il allait…

Un rongeur ventripotent, vêtu de blanc, sortit sur le seuil d'un bâtiment blindé.

C'était le *banquier*.

Savoir pourquoi il était inquiet…

J'entendis un bruit familier.

C'était une imprimerie !

Qui donc imprimait un journal ?

Je m'approchai : je vis un rat qui portait de

Morris le juge

Pépé le propriétaire du saloon

petites lunettes, c'était l'imprimeur, qui publiait la GAZETTE DE CACTUS CITY.
Un vieux rongeur à l'air distingué sortit d'un bâtiment de briques rouges.
C'était le *juge*.
Mais il y rentra aussitôt.
Savoir de quoi il avait peur ?
Dans le saloon, j'entrevis un gars, *ou plutôt un rat*, qui somnolait sur son fauteuil à bascule, avec un énorme chapeau qui lui couvrait le museau.

BORIS LE CROQUE-MORT… ET SON AIDE ZIPPO

C'était le propriétaire du **saloon** !
Le **CROQUE-MORT** sortit à toute vitesse pour venir nous saluer :
– Bienvenue à Cactus City, étrangers ! Si je puis vous être utile, n'hésitez pas à faire appel à moi ! Aujourd'hui, je vous propose une « RÉDUCTION FAMILIALE » spéciale !
Son aide était son neveu **ZIPPO**, une souris sympathique aux dents en avant et au pelage couleur carotte.
Je m'aperçus que, dans cette ville, il manquait *quelque chose*, ou plutôt *quelqu'un*.
Il manquait… un **shérif** !
Je m'aperçus aussi d'autre chose.
Tout le monde en ville avait l'air **INQUIET**.
Savoir pourquoi…

HUMMM…

AH, SI MES AMIS ME VOYAIENT...

Nous entrâmes dans la boutique au centre de la ville. Une souris basse et ventrue nous accueillit :

– Étrangers ! Qu'y a-t-il pour votre service ? Chez Bob le **BOUTIQUIER**, vous trouverez de tout, des haricots à la charrue, des clous à la selle !

Il nous regarda, hésitant.

– Hum, je crois que, pour commencer, il vous faut des vêtements. Ceux que vous portez sont vraiment **ridicules** ! Mais d'où sortez-vous ?

BOB LE BOUTIQUIER

Il passa dans l'arrière-boutique et revint avec des vêtements à la **MODE WESTERN**.

J'enfilai un pantalon de coton, des bottes avec

LA FAMILLE STILTON...

... À LA MODE WESTERN

éperons, un ceinturon, une chemise à carreaux, un gilet, un foulard et un chapeau.
Je me regardai dans le miroir.
– Maintenant, j'ai vraiment l'air d'un **COW-BOY**. *Ah, si mes collaborateurs de l'ÉCHO DU RONGEUR me voyaient…*
Ma famille aussi était enthousiaste.
Benjamin se regarda dans le miroir.
– *Ah, si mes camarades d'école me voyaient…*
Traquenard se regarda dans le miroir.
– *Ah, si mes copains me voyaient…*
Téa se regarda dans le miroir.
– *Ah, si mes amies me voyaient…* Comme cette tenue est **romantique** !

Puis elle s'aperçut que, avec sa jupe longue, elle ne pouvait *pas* bouger… elle ne pouvait *pas* sauter… elle ne pouvait *pas* courir !

J'AIME ÊTRE TOUJOURS PRÊTE À TOUT !

Alors elle se fit donner par Bob un pantalon, une chemise et un foulard de cowboy.

– On ne sait jamais : si je devais **SAUTER** sur un cheval au galop… je serais **PRÊTE** !

Bob nous montra quatre chevaux attachés à la barrière, juste devant la boutique.

– Des chevaux sellés… mais aussi des couvertures, des gourdes, des gamelles, des couverts et de la nourriture en boîte… *voilà ce qu'il vous faut*, étrangers !

VOILÀ CE QU'IL NOUS FALLAIT...

C'EST MON COUSIN QUI PAIE !

Puis il murmura, méfiant :

– Hum, mais comment allez-vous me payer ?

Traquenard tendit la patte vers moi.

– C'est mon cousin qui paie !

Je sortis de mon portefeuille des billets de la Banque centrale de Sourisia, mais Bob les examina avec MÉFIANCE.

– Jamais vu des billets pareils ! Je veux des vrais billets ou alors de l'OR !

montre en or

Je lui tendis ma montre en OR, mais il secoua la tête.

– Ça ne suffit pas, étranger ! Il faut autre chose !

Traquenard fit le mouchard :

– Mon cousin a aussi une dent en OR !

Bob prit une tenaille et se retroussa les manches, mais Téa s'écria :

– Stop ! N'arrache pas la dent de mon frère ! Moi aussi j'ai de l'OR pour toi !

Elle lui donna une paire de boucles d'oreilles en OR, un collier en OR, une bague en OR et un bracelet en OR.

bijoux en or

Bob hurla :

– Ça ne suffit pas ! Ça ne suffit toujours pas ! Si vous n'avez plus d'OR... plus de vêtements ! plus de provisions ! plus de chevaux !

Nous regardâmes tous Traquenard, qui marmonna :

chaîne en or

– Mouais !

Puis, à contrecœur, il retira une chaîne en or (cachée sous sa chemise) à laquelle était accrochée la lettre T, l'initiale de son prénom.

Bob secoua la tête.

– Ça ne suffit pas. Ça ne suffit toujours pas !

Je soupirai, résigné à me faire arracher la dent. Mais Benjamin **CRIA** :

– Monsieur Bob, je n'ai pas d'or... mais peut-être ai-je là quelque chose qui vous intéressera !

Il sortit de sa poche un petit jeu électronique, l'alluma et montra à Bob comment ça marchait.

jeu vidéo

Ses yeux BRILLÈRENT.

– Mais qu'est-ce que c'est que ce machin ? Jamais rien vu de pareil ! Ça m'intéresse ! L'affaire est dans le sac !

Quand nous sortîmes, le soir tombait.
Il fallait absolument que j'aille aux toilettes !
Les haricots commençaient à avoir sur moi un drôle d'EFFET !
Je sentais mon estomac gargouiller : *Ggglоubbb… gnikkk… brragggh…*
Je demandai à mes compagnons :
– Mais où allons-nous passer la nuit ?
Téa regarda autour d'elle, puis…

UNE CAMOMILLE ??? HA HA HAAA !

... puis elle découvrit un panonceau devant le saloon : « CHAMBRES À LOUER ! ».

Elle m'ordonna :

– Geronimo, entre dans ce saloon et réserve deux chambres doubles pour cette nuit ! Nous, on va s'occuper des chevaux.

J'étais inquiet.

– Euh, vous ne pourriez pas venir avec moi ?

Traquenard me poussa en avant.

– Il ne peut rien t'arriver, gros FROUSSARD ! Allez, en avant !

Je hurlai :

– Ne me pousse pas ! *Je ne supporte pas d'être poussé !*

LE SALOON

Je pris mon courage à deux pattes et entrai.
Le saloon était bondé.
Aux tables, les cow-boys jouaient aux cartes.
Un pianiste tapotait une absurde petite musique sur un piano désaccordé.
Pépé, le propriétaire du saloon, m'aboya au museau :
– Qu'est-ce que tu veux, étranger ?
J'avais l'estomac qui gargouillait *(à cause des haricots)*.
Une bonne tasse de **camomille** bien chaude m'aurait fait du bien !
Je demandai donc :

– Euh, s'il vous plaît, je voudrais une

!

Il répéta :
– Une **camomille** ?
– Oui, bien chaude !

– Bien chaude ?
– Et bien sucrée !
– Bien sucrée, hein ?

Puis il éclata de rire :

– Eh, les gars, vous avez entendu ce que veut l'étranger…

… une **camomille** !

Tous les clients se tournèrent vers moi, intrigués.

Le pianiste arrêta de jouer.

Tous ricanèrent :

– Une **camomille** ? **Ha ha haaa ! Ha ha haaa ! Ha ha haaa !**

Le barman fit glisser sur le comptoir une tasse de **camomille**… mais je la ratai.

Tous ricanèrent :

– **Ha ha haaa ! Ha ha haaa ! Ha ha haaa !**

Le barman fit glisser sur le comptoir une *deuxième* tasse de **camomille**… mais je la ratai.

Tous ricanèrent :

– **Ha ha haaa! Ha ha haaa ! Ha ha haaa !**

LE BARMAN ME LANÇA UNE TASSE DE CAMOMILLE...

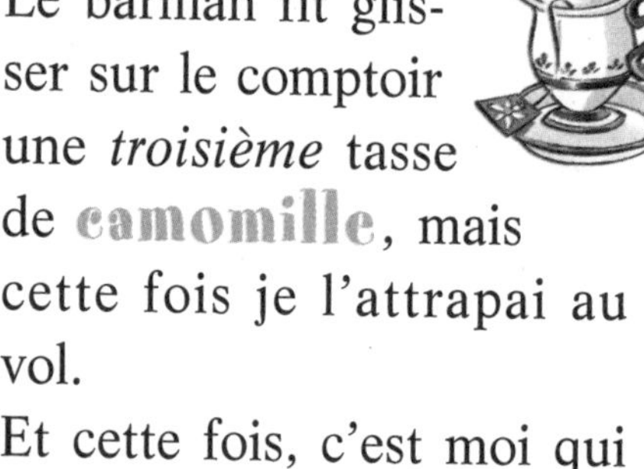

Le barman fit glisser sur le comptoir une *troisième* tasse de **camomille**, mais cette fois je l'attrapai au vol.

Et cette fois, c'est moi qui ricanai :

– **Ha ha haaa !**

Puis je poussai un cri :

La tasse de **camomille** était brûlante !

... PUIS UNE DEUXIÈME TASSE DE CAMOMILLE...

... ET UNE TROISIÈME... CETTE FOIS, JE L'ATTRAPAI AU VOL !

Étranger, Cactus City est trop petite pour nous deux !

Je soufflai sur mes doigts.
Comme ça brûlait !
Je sautillai en hurlant :
– **AÏE AÏE AÏE !**
Hélas, je m'aperçus trop tard que, en sautillant, j'avais écrasé la patte de quelqu'un !
Je me tournai et vis un rat, *ou plutôt un raton*, *deux fois* grand comme moi, *deux fois* large comme moi, *deux fois* lourd comme moi, *deux fois* **MUSCLÉ** comme moi... et qui puait *deux fois* comme moi, ou plutôt *mille fois comme moi !*

Je bégayai :

– J-je v-vous d-demande p-pardon ! J-je n-ne l'ai p-pas f-fait exp-près…

L'autre **hurla** :

– Mais si, tu l'as fait exprès !

Puis il cracha dans le CRACHOIR en mettant en plein dans le mille : *ping !*

Je pâlis et essayai de m'expliquer :
– Mais non, j'ai trébuché et...
Il cria à tue-tête :
– Étranger, Cactus City est trop petite pour nous deux !
Je murmurai :
– Euh, dans ce cas... je m'en vais tout de suite !
– Trop TARD. *Désormais,* ton destin a croisé celui de Mick Museauplat. *Désormais,* le défi est lancé. *Désormais,* nous devons nous battre ! *Désormais,* c'est notre honneur qui est en jeu ! *Désormais,* celui de nous deux qui partira... *partira à jamais !*
BORIS LE CROQUE-MORT applaudit :
– Très juste ! Bravo ! Bien dit ! **1** de vous **2** partira ***À JAMAIS !*** Je me chargerai moi-même de l'enterrer.
Il ouvrit la porte du saloon et appela son neveu :
– Zippo, prépare **1** *cercueil* ! Ou plutôt **2** *cercueils*, on ne sait jamais !
Puis le cow-boy me toisa et me dit :
– Je m'appelle Mick Museauplat. Quel est ton nom, étranger ?

Je balbutiai :

– Euh... je m'appelle GERONIMO...

G comme **GENTIL** !

E comme **EXCUSEZ-MOI** !

R comme **RESPECTUEUX** !

O comme **OH LÀ LÀ, COMME JE SUIS DÉSOLÉ DE VOUS AVOIR ÉCRASÉ LA PATTE** !

N comme **NON, JE NE L'AI PAS FAIT EXPRÈS** !

I comme **IL NE FAUT PAS M'EN VOULOIR** !

M comme **MAIS POURQUOI JE ME SUIS MIS DANS CE PÉTRIN** ?

O comme **OH, PAUVRE DE MOI** !

Boris grava mon prénom sur le cercueil en marmonnant :

– Hum, **GERONIMO**...
G comme **GRATUITEMENT, ON NE MEURT PAS** !
E comme **ET IL FAUT PAYER D'AVANCE** !
R comme **RÉDUCTIONS ? ON N'EN FAIT PAS** !
O comme **ON A VOULU VENIR À CACTUS CITY** ?
N comme **NIGAUD, TU N'Y RESTERAS PAS LONGTEMPS** !
I comme **IL FAUT QUE TOUT PASSE ICI-BAS** !
M comme **MAIS TU NE POUVAIS PAS ÉCRASER LES PATTES DE QUELQU'UN D'AUTRE** ?
O comme **OH LÀ LÀ, C'EST COMME SI TU ÉTAIS DÉJÀ MORT** !

Mick hurla à mon intention :

– Maintenant, je vais te *décerveliser* ! Te *dégradoubliser* ! Te *démarmelader* ! Te *trituriser* !

Il me traîna par l'oreille hors du saloon.

Je fermai les yeux, tremblant, attendant d'être **DÉCERVELISÉ**, mais c'est alors que...

IL S'EN EST FALLU D'UN... POIL DE MOUSTACHE !

Une voix sucrée comme un bonbon au miel gazouilla :

– *Ooooh, bonjour, monsieur Museauplaaat !*

Miss Dolly, propriétaire de la boutique de mode

C'était une rongeuse d'un blond très blond, qui avait de splendides yeux d'un bleu très bleu, et portait une robe d'un rose on ne peut plus rose...

Elle avait un bibi rose à très longue plume rose et s'abritait du soleil sous une petite ombrelle de dentelle rose.

C'était Miss Dolly, la propriétaire de la boutique de mode !
Mick Museauplat devint CRAMOISI :
– Miss Dolly, comme vous êtes élégante, aujourd'hui...
Dolly gazouilla :
– *Vraimeeent ?*
Puis elle laissa tomber un petit mouchoir de dentelle *parfumé à la rose*.
Museauplat s'empressa de le ramasser. Il avait *complètement* oublié mon existence.
Dolly sourit.
– *Monsieur Museauplat, voulez-vous m'accompagner pour faire mes courses ? J'ai plein de paquets à porteeer...*
Il fit une révérence si profonde que ses moustaches frôlèrent la poussière.
– Très honoré, Miss Dolly !
JE M'ENFUIS EN COURANT.
J'étais sain et sauf... mais il s'en était fallu d'un poil de moustache !

UN COSTUME DE BOIS... POUR GERONIMO STILTON !

Je cherchai ma famille partout, mais ne la trouvai...

ni au saloon !

ni au bazar !

ni chez le FORGERON !

ni chez le docteur !

ni à l'imprimerie !

ni en PRISON !

ni à l'école !

ni chez le CROQUE-MORT !

Mais alors, où étaient-ils ?

J'entendis quelqu'un qui faisait du tapage !
C'était la voix de mon cousin.
La voix venait de la station de diligence, à l'autre bout de la ville.
Mais j'entendis aussi une autre voix.
Avec un frisson, je reconnus… la voix de Museauplat !
Les deux rongeurs étaient en train de se **disputer** parce que *tous deux* voulaient faire boire leur cheval à la même fontaine.
Traquenard hurla :
– Tu fais le malin, mais quand mon **cousin** sera là… Mon **cousin** te remettra à ta place, comme tu le mérites ! Tu vas voir, quand mon **cousin** sera là…
Museauplat hurla :
– Et qui c'est, ton **cousin** ?
L'un de ceux qui assistaient à la scène me montra de la patte :
– C'est celui-là, Mick ! *Celui* avec les petites

ENCORE TOI ?

lunettes… *celui* avec la tête de nigaud… *celui* qui pue le propre !

Traquenard me poussa en avant.

– Le voilà, mon **cousin** !

Je hurlai :

– Ne me pousse pas ! *Je ne supporte pas d'être poussé !*

Mick Museauplat fixa sur moi un regard **FURIBOND**.

– Quoi ? Encore toi ? Mais alors tu as vraiment envie de te retrouver six pieds sous terre !

Il me souleva par une oreille et me plongea dans la fontaine.

Le croque-mort cria à son neveu :

– Zippo, prépare, pour l'étranger, un… *costume de bois sur mesure* ! On ne sait jamais, il pourrait en avoir besoin !

Zippo ricana :

– Tout de suite, oncle Boris !

Mais c'est alors que… passa une petite vieille toute menue et sèche, à la mine **sévère**, avec une fleur piquée dans son chapeau.

Cercueil… ou costume de bois sur mesure pour Geronimo Stilton !

Elle demanda :

– Mick Museauplat ! Je t'ai entendu crier. Dis-moi ce que tu **criais** !

Mick balbutia :

– Rien, *maîtresse* !

– Et que faisais-tu à cette JEUNE SOURIS ?

L'autre bégaya :

– Euh… rien, *maîtresse* !

L'institutrice soupira :

– À la bonne heure, Mick. Parce que si seulement tu avais **dit** quelque chose, ou **fait** quelque chose… ou même simplement **pensé** quelque chose qui…

Domitilla, l'institutrice

– Oh non non non, *maîtresse* !

– Conduis-toi correctement ! Je t'ai à l'œil, Mick, comme au bon vieux temps !

Dès qu'elle se fut éloignée, Mick me chercha, mais je m'étais déjà éclipsé.

Cette fois encore, j'étais *sain et sauf… mais il s'en était fallu d'un poil de moustache !*

Pas de pistolets pour Geronimo Stilton !

Nous retournâmes au saloon et montâmes au premier étage, où se trouvaient les chambres à louer. Les lits étaient infestés de puces, des nuages de moucherons voletaient çà et là. Les murs étaient constellés de taches de graisse, des tas de poussière s'amoncelaient sur le plancher… et ça puait drôlement !

puces

tache de graisse

tas de poussière

Traquenard se boucha le nez.

– Hum, Geronimo, c'est toi qui as **pété** ? Tu as mangé trop de haricots ?

Je protestai :

– Je n'ai pas pété ! *Parole d'honneur de rongeur !*

Je n'ai pas pété !
Ça pue !

Traquenard ouvrit la fenêtre pour renouveler l'air, mais…

fit

tomber

un

pot

de

fleurs

en

bas !

Je m'écriai :

– ATTENTIOOON ! Tu pourrais blesser quelqu'un !

Je regardai par la fenêtre : le pot venait de s'écraser sur la tête de Mick Museauplat !

Il hurla :

– Encore toi ? Étranger, ce soir, je danserai sur ta tombe !

Boris se frotta les pattes.

– *Tombe* ? J'ai bien entendu prononcer le mot « tombe » ?

Je descendis au **saloon** pour dire à Mick que je ne l'avais pas fait exprès, mais il était furieux.

– Étranger ! Ce soir, il y aura un rongeur de moins à Cactus City ! Prépare-toi au duel !

Je criai :

– Je refuse de me battre en duel !

PAS DE PISTOLETS POUR GERONIMO STILTON !

Il ricana :

– Tu n'es qu'une chiffe molle !

Tous ricanèrent :

– L'étranger n'est qu'une chiffe molle !

TOUT ÇA À CAUSE D'UNE ÉPLUCHURE DE POMME DE TERRE !

Mais tandis que tout le monde riait de moi…

1 *Je dérapai sur une épluchure de pomme de terre !*

2 *Je fis un saut mortel !*

3 *Je donnai (sans l'avoir voulu) un coup de pied sur le museau de Mick !*

4 *Je me rattrapai au lustre !*

5 *Je me retrouvai avec la tête coincée dans le balcon !*

6 *Je glissai le long de la rambarde !*

7 *Je chutai sur Mick !*

8 *Je sautai sur une planche en équilibre !*

9 *Je fis rebondir une pastèque !*

10 *La pastèque s'écrasa sur la tête de Mick !*

11 *Je demandai pardon à Mick : je ne l'avais pas fait exprès, parole d'honneur de rongeur !*

1. Je dérapai sur une épluchure de pomme de terre !

2. Je fis un saut mortel !

3. Je donnai un coup de pied sur le museau de Mick !

4. Je me rattrapai au lustre !

5. Je me retrouvai avec la tête coincée dans le balcon !

6. Je glissai le long de la rambarde !

7. Je chutai sur Mick !

8. Je sautai sur une planche en équilibre !

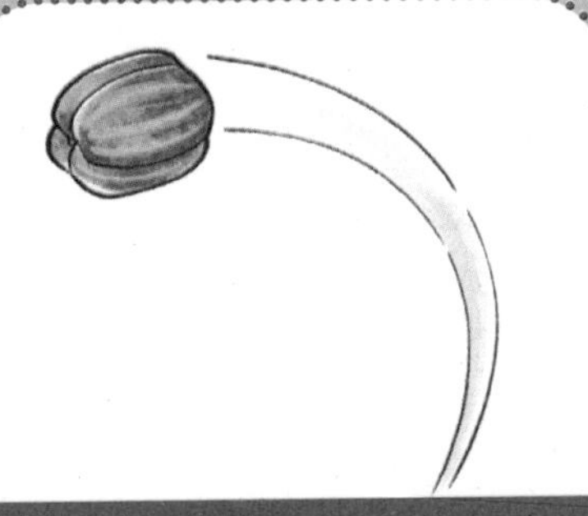

9. Je fis rebondir une pastèque !

10. La pastèque s'écrasa sur la tête de Mick !

11. Je demandai pardon à Mick : je ne l'avais pas fait exprès, parole d'honneur de rongeur !

Tout le monde hurla :

– Quel gars, *ou plutôt quel rat*, ce Geronimo ! Il est plus fort que Mick ! C'est le plus fort ! Il est **TRÈS FORT** !

J'essayai d'expliquer :

– Mais je ne l'ai pas fait exprès ! *Et je ne suis pas fort !*

L'institutrice palpa mes **MUSCLES**.

– Jeune rat, je n'aurais pas parié un centime sur toi, je pensai que Mick n'aurait fait de toi que de la chair à pâté. Alors que tu es *fort... très très très fort !*

Miss Dolly gazouilla :

– *Ooooh, monsieur Geronimo, vous êtes beaucoup plus fort que monsieur Museauplat !*

Mick, horriblement déçu, allait presque se mettre à PLEURER.

Le CROQUE-MORT secoua la tête.

– Dommage... Ils ne se sont pas battus en duel... pas besoin de cercueils... J'avais pourtant un magnifique catalogue de cercueils dernier cri... Eh, braves gens, personne n'a besoin d'un cercueil ? On peut payer à crédit !

C'est alors que la terre trembla.

Précédé par un épais NUAGE DE POUSSIÈRE, un groupe de pistoleros arriva au grand galop.

Quelqu'un, dans la foule, murmura :

– LES PISTOLEROS NOIRS !

Je regardai autour de moi : *tous* avaient peur. *Tous. Tous tous tous.* Même Mick Museauplat.

C'EST MOI LE PLUS FORT !

Tandis que les habitants de **Cactus City** accouraient, les pistoleros s'arrêtèrent sur la place principale. Ils escortaient une charrette transportant un **énorme** tonneau. *Savoir ce qu'il contenait !!!*

Le **CHEF DES PISTOLEROS** descendit de cheval.
Il était plus effrayant que Mick Museauplat !
Il avait un regard de *méchant* !
Et il était tout de **NOIR** vêtu !

DOUZCOUDFUSI DOUZCOUDMINUIT, CHEF DES PISTOLEROS

Son pantalon était *noir*... sa chemise était *noire*... son gilet était *noir*... ses bottes pointues à éperons brillants étaient *noires*... son ceinturon était *noir*... son chapeau était *noir*... ses moustaches luisantes de brillantine étaient *noires*... ses petites lunettes étaient *noires*... Quelque chose brillait sur sa poitrine : c'était une étoile en fer-blanc... *une étoile de shérif !*
J'étais stupéfait : pourquoi le chef des pistoleros était-il le shérif ??? Il s'adressa à la foule et cria :
– Habitants de Cactus City !

ICI, C'EST MOI QUI COMMANDE !

Il ordonna :
– *Applaudissez !*... et tous applaudirent. Puis il ordonna :
– *Stop !*... et tous cessèrent d'applaudir.

Le pistolero ricana :

– Bravo, vous avez raison d' applaudir. Ici, c'est moi qui commande ! Parce que c'est moi le plus *fort* ! Et si quelqu'un se rebelle... **tchac !**

Il fit un drôle de geste, comme pour fermer un robinet. *Savoir ce que cela voulait dire...*

Puis il ordonna :

– *Applaudissez !* et tous applaudirent. Puis il ordonna :

– *Stop !* et tous cessèrent d'applaudir. Satisfait, le pistolero se FRISA les moustaches et désigna le tonneau.

– Apportez votre or, habitants de Cactus City. En échange de votre or... je vous donnerai de l'EAU !

Puis il ordonna :

– *Applaudissez !...* et tous applaudirent. Il ordonna :

– *Stop !...* et tous cessèrent d'applaudir.

J'étais **STUPÉFAIT**. *Qu'est-ce que c'était que cette histoire d'eau ?*

Y A-T-IL UN VOLONTAIRE ???

INDIGNÉE, l'institutrice brandit sa canne en s'adressant à la foule :

– Habitants de **Cactus City**, c'est une honte ! Se peut-il que, parmi vous, il n'y en ait pas un seul qui soit capable de tenir tête à cette brute ?

Puis elle cria :

– J'ai besoin d'une souris courageuse et prête à tout ! S'il y a un ***VOLONTAIRE***, qu'il fasse un pas en avant !

Soudain… je fis un pas en avant !

Quelqu'un m'avait poussé dans le dos !!

C'était mon **cousin** !!!

Je criai :

– Ne me pousse pas ! *Je ne supporte pas d'être poussé !*

Satisfaite, l'institutrice me palpa les muscles.

– Bravo, étranger ! Je vois l'ÉTINCELLE du courage briller dans tes yeux ! Tu es *fort* ! Tu es *fort*, jeune rat, c'est moi qui te le dis ! Tu es *foooort* !

La foule répéta :

– L'étranger est *fort*, trèèès *fort* ! L'étranger est *très trèèèèèèèès fort* !

Je BLÊMIS.

– Mais je ne suis pas *fort*, et je ne suis même pas COURAGEUX...

Traquenard me poussa en avant.

– Allez, cousin, ne fais pas honte à la famille Stilton !

Je criai :
– Ne me pousse pas ! *Je ne supporte pas d'être poussé !*
Téa **COUPA** court :
– Allez, ne sois pas geignard, fais un petit effort !
Je hurlai :
– C'est facile à dire, pour toi ! Ce n'est pas toi qui vas devoir affronter le pistolero !
Celui-ci retira ses lunettes et c'est alors seulement que je découvris ses YEUX VERTS, aussi perfides que ceux d'un cobra !
Il me demanda :
– Comment t'appelles-tu, étranger ?
– Mon nom est Stilton, *Geronimo Stilton*. Tu vas arrêter de terroriser la ville !
Il ricana :
– Et moi, mon nom est **DOUZCOUDFUSI DOUZCOUDMINUIT**. Et tu vas regretter de m'avoir provoqué, étranger !
Douzcoudminuit et moi nous défiâmes du regard.
Les habitants de Cactus City firent cercle autour de nous, en SILENCE, brandissant des torches.

Il cria :
– Tu t'imagines être plus fort que moi, étranger ? Alors je te défie au *rodéo* dans mon ranch. Je te défie de dresser... Boubi ! Si tu gagnes (mais tu *ne* gagneras *pas*), je quitterai Cactus City ! Acceptes-tu, étranger ?
Je demandai, tremblant :
– B-boubi ? Q-qui est Boubi ?
Il ricana :
– Boubi est... Boubi ! Alors, tu relèves le défi, étranger ?
Je regardai autour de moi. Les habitants de Cactus City me fixaient, inquiets. J'étais leur dernier espoir. Je n'avais pas le droit de les décevoir !
Je pris mon courage à deux pattes et murmurai :
– Je relève le défi.
Douzcoudminuit éclata de rire :
– Rendez-vous au **RANCH DOUZCOUDMINUIT** pour le *rodéo* ! Je veux que toute Cactus City soit là pour assister à ta défaite... et à mon triomphe !

11

UNIS, ON PEUT FAIRE BEAUCOUP !

Sur un geste de Douzcoudfusi Douzcoudminuit, tous les PISTOLEROS NOIRS sautèrent en selle et partirent au galop.

J'avais PEUR.

Je me sentais très seul.

Et il n'est PAS BEAU de se sentir seul.

Mais quelqu'un me tapa sur l'épaule.

C'était Mick Museauplat.

– Étranger, tu n'es pas seul. Je vais t'aider. Ton courage est *contagieux* : nous devons faire quelque chose pour sauver notre ville... au risque d'y perdre la vie !

Je le remerciai, ÉMU.

– Merci, mon ami. Unis, on peut faire beaucoup !

Trois petites voix chicotèrent en chœur dans notre dos :

– Vous n'êtes pas seuls !

C'étaient Téa, Traquenard et Benjamin.

– Ensemble… nous libérerons Cactus City !

Tous les habitants se **pressèrent** autour de nous. Oui, le courage était vraiment *contagieux* : à présent, tout le monde se sentait plus FORT, tout le monde voulait se révolter contre la VIOLENCE !

L'institutrice expliqua aux enfants de l'école :

– Le courage est une grande tradition du peuple américain ! Depuis l'époque des **pionniers**…

Le courage est contagieux !

À LA CONQUÊTE DU FAR WEST

En 1796, les treize colonies anglaises de la côte atlantique de l'Amérique du Nord, sous la direction de George Washington, déclarent leur indépendance et constituent les États-Unis d'Amérique. C'est de ce jour que date l'expansion vers les terres de l'Ouest, habitées par les Indiens, les peuples natifs d'Amérique. En 1842 est tracée la première piste officielle traversant les territoires indiens (l'Oregon Trail).

En 1862, le gouvernement américain encourage la colonisation de l'Ouest par une loi (l'*Homestead Act*) qui prévoit d'attribuer 160 acres de terres cultivables à toute personne qui construira une maison et y habitera pendant au moins

cinq ans. Des milliers de colons partent vers les territoires de l'Ouest.

Mais qui sont ces pionniers qui décident de partir à la conquête du Far West ? Des personnes de tous âges et de toutes professions, des familles entières qui quittent les États-Unis en quête d'une vie nouvelle et de terres à coloniser.

Pour traverser les Grandes Plaines et les Montagnes rocheuses, les pionniers voyagent pendant des mois sur des charrettes tirées par des bœufs, des mulets ou des chevaux, formant de très nombreuses caravanes.

Le voyage de ces courageux est dur et épuisant, mais leur cœur est rempli d'enthousiasme et d'espoir...

LE SECRET DE DOUZCOUDFUSI DOUZCOUDMINUIT

Soudain, je m'aperçus d'une chose… je ne savais pas pourquoi tout le monde en ville avait PEUR !

Mick m'expliqua tristement :

– Je vais te révéler le secret de DOUZCOUDFUSI DOUZCOUDMINUIT… Douzcoudminuit est propriétaire d'un terrain au nord de Cactus City, sur lequel passe le torrent RIOBRAVO. Il y a peu de temps encore, le torrent arrivait jusqu'à Cactus City. Nous nous servions de ses eaux pour *irriguer* les champs, abreuver les bêtes et pour boire nous-mêmes… Elles étaient abondantes et suffisaient pour tous. Mais Douzcoudminuit est avide et veut que tout soit à lui, seulement à lui, rien qu'à lui ! Il a barré le torrent, et maintenant, l'eau n'arrive plus à Cactus City. Nos champs

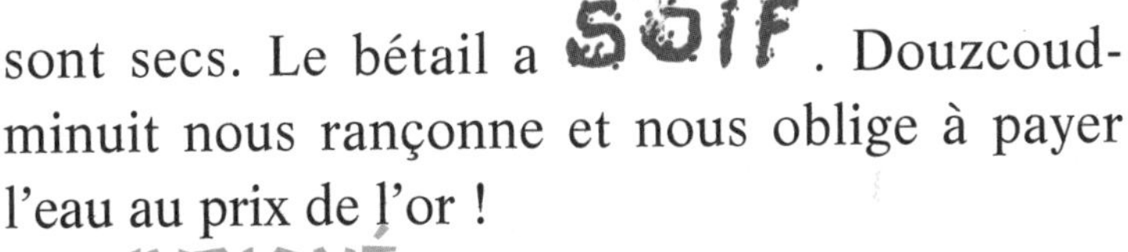

sont secs. Le bétail a **SOIF**. Douzcoudminuit nous rançonne et nous oblige à payer l'eau au prix de l'or !
J'étai INDIGNÉ.
– Quelle brute !
Mick me tapa sur l'épaule.
– Étranger, je suis sûr que tu **vas remporter** ce défi ! Partons pour le Ranch Douzcoudminuit.
Je demandai :
– Euh, il est loin, ce ranch ?
Il me montra une **CARTE**.

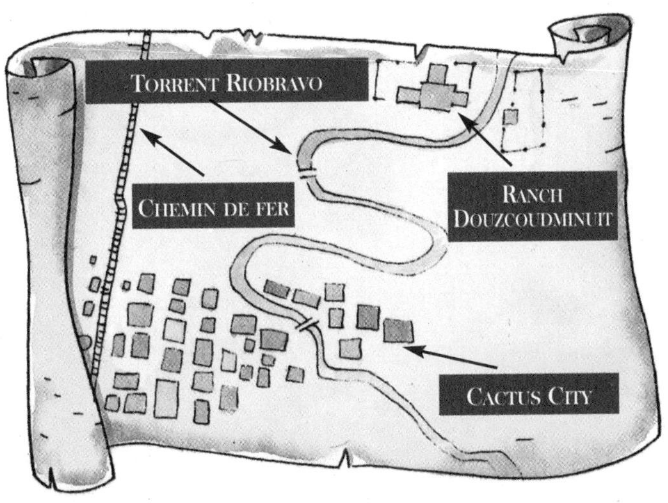

– Il faut trois jours et trois nuits de cheval pour y arriver !
Téa, Traquenard et Benjamin s'écrièrent, ravis :
– Génial ! Trois jours et trois nuits à cheval !
Je faillis m'évanouir : Trois jours ? Et trois nuits ?? À cheval ??? Euh, vraiment, c'est-à-dire, je… je… je… euh, je ne sais pas monter à cheval !
Mais Mick m'avait déjà juché sur un cheval…
… qui partit AU GALOP !
La foule HURLA, admirative :
– Comme cet étranger est *fort* ! Regarde les acrobaties qu'il fait à cheval ! Jamais rien vu de pareil ! Il est vraiment très *très fooooort* !
Nous quittâmes la ville au galop, tandis que la foule en liesse nous saluait et se préparait à nous suivre.
Quel était ce défi qui m'attendait ?
Je l'ignorais.
Mais j'étais sûr d'une chose : j'allais tout faire pour sauver Cactus City !

1
Au pas...
... au trot...
2
3
... au galop...
... au hasard...
4
5
... à l'aveuglette...
... acrobatique...
6
7
... la tête en bas...
... à l'envers !
8

MOI, LES HARICOTS ME FONT UN DRÔLE D'EFFET...

Nous galopâmes pendant des heures et des heures et des heures sous le soleil. Enfin, le **GRAND CANYON** !

Je m'approchai pour regarder en dessous. Je croyais que le Grand Canyon était formé par de très hautes montagnes. En fait, c'était un grand canal très profond !!! C'est le fleuve Colorado qui l'avait creusé dans la roche, en coulant pendant des milliers d'années.

Le GRAND CANYON se trouve en Arizona, aux États-Unis. Il s'agit d'une série de gorges, creusées dans la roche par le fleuve Colorado, atteignant par endroits une profondeur de 1 800 m, longues de 350 km et larges de 6 à 30 km.

Puis le soir tomba et la **TEMPÉRATURE** chuta brusquement.
Quand nous nous arrêtâmes pour nous *reposer*, il nous arriva tout, vraiment tout...

VOICI CE QUI NOUS ARRIVA...

Il faisait très froid...

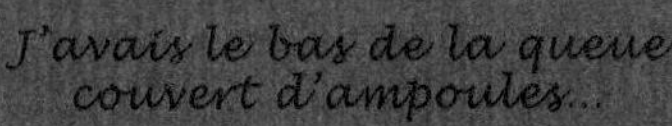

Le cheval m'écrasa
un cor aux pattes...

Comme c'est difficile
d'allumer un feu...

Je tombai
dans un ruisseau...

Au dîner, il n'y avait que des haricots...

Moi, les haricots me font un drôle d'effet...

Je fis des rencontres déplaisantes...

... très déplaisantes ...

... très très déplaisantes !

Je n'en pouvais plus, du Far West !

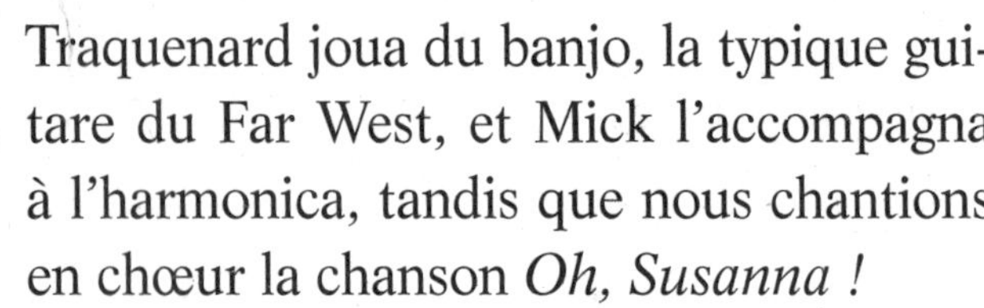

Enfin, nous nous assîmes tous autour du FEU... Traquenard joua du banjo, la typique guitare du Far West, et Mick l'accompagna à l'harmonica, tandis que nous chantions en chœur la chanson *Oh, Susanna !*

Je m'aperçus alors que... cette expérience me plaisait !

SOUPE DE HARICOTS NOIRS

INGRÉDIENTS : 500 G DE HARICOTS NOIRS SECS • 2 BRANCHES DE CÉLERI • 2 GOUSSES D'AIL • 1 OIGNON • 200 G DE SAUCE TOMATE • ÉPICES VARIÉES EN POUDRE (CUMIN, CORIANDRE, PIMENT) • BOUILLON CUBE • SEL • POIVRE EN GRAINS

1. Rince les haricots sous l'eau, puis mets-les dans une casserole, couvre-les d'eau froide et demande à un adulte de les mettre à chauffer.
2. Quand l'eau commence à bouillir, laisse-les cuire 2 minutes, puis éteins le feu et laisse-les reposer 1 heure dans leur liquide.
3. Demande à un adulte de rallumer le feu sous la casserole et d'ajouter un hachis préparé avec le céleri, l'ail, l'oignon ; puis verse une cuillérée de grains de poivre et le bouillon cube.
4. Laisse cuire pendant environ 3 heures, puis ajoute la sauce tomate, une pincée de sel et les épices en poudre.
5. Demande à un adulte de réduire en purée une partie des haricots, de la verser encore dans la casserole et de placer le tout sur le feu pour bien réchauffer : ainsi, la soupe sera plus épaisse.

OH, SUSANNA !

Je suis venu de l'Alabama,
Un banjo sur les genoux,
Je vais jusqu'en Louisiane,
Revoir mon amour si doux.

Oh, Susanna,
Ne pleure pas pour moi,
Car je reviens de l'Alabama,
Mon banjo jouera pour toi.

Le temps est sec dans ce pays,
Chaque jour, il pleut la nuit,
Au soleil brûlant, j'étais transi,
Ne pleure plus, ma mie.

BONNE NUIT, DOUCES ÉTOILES, DANS LE CIEL BLEU !

Je m'endormis près de mes amis, blotti dans une couverture **CHAUDE**, la tête appuyée sur ma selle. Au-dessus de moi veillaient les *mille* et *mille* et *mille* yeux des **étoiles**.

Je murmurai :

– **Bonne nuit, douces étoiles, dans le ciel bleu !**

Le lendemain matin, je dégustai un solide petit déjeuner avec café, pain grillé, beignets, œufs au lard. Cela me donna de l'énergie pour affronter la journée !

Nous remontâmes à cheval et galopâmes, nos moustaches se tortillant dans le vent.

Quelle **INCROYABLE** sensation de liberté j'éprouvais en sentant que je ne faisais qu'un avec mon cheval !

Mick m'apprit à attraper au lasso les bêtes d'un **TROUPEAU** !

Il m'expliqua *pourquoi* on ferre un cheval, *quand* on l'**ÉTRILLE**, *comment* on le nourrit.

La nature est un précieux trésor...

Il me répéta que la nature est un précieux trésor et qu'il faut toujours la respecter !

Maintenant, j'avais l'impression d'être un vrai **COW-BOY**.

J'adorais le **FAR WEST** !

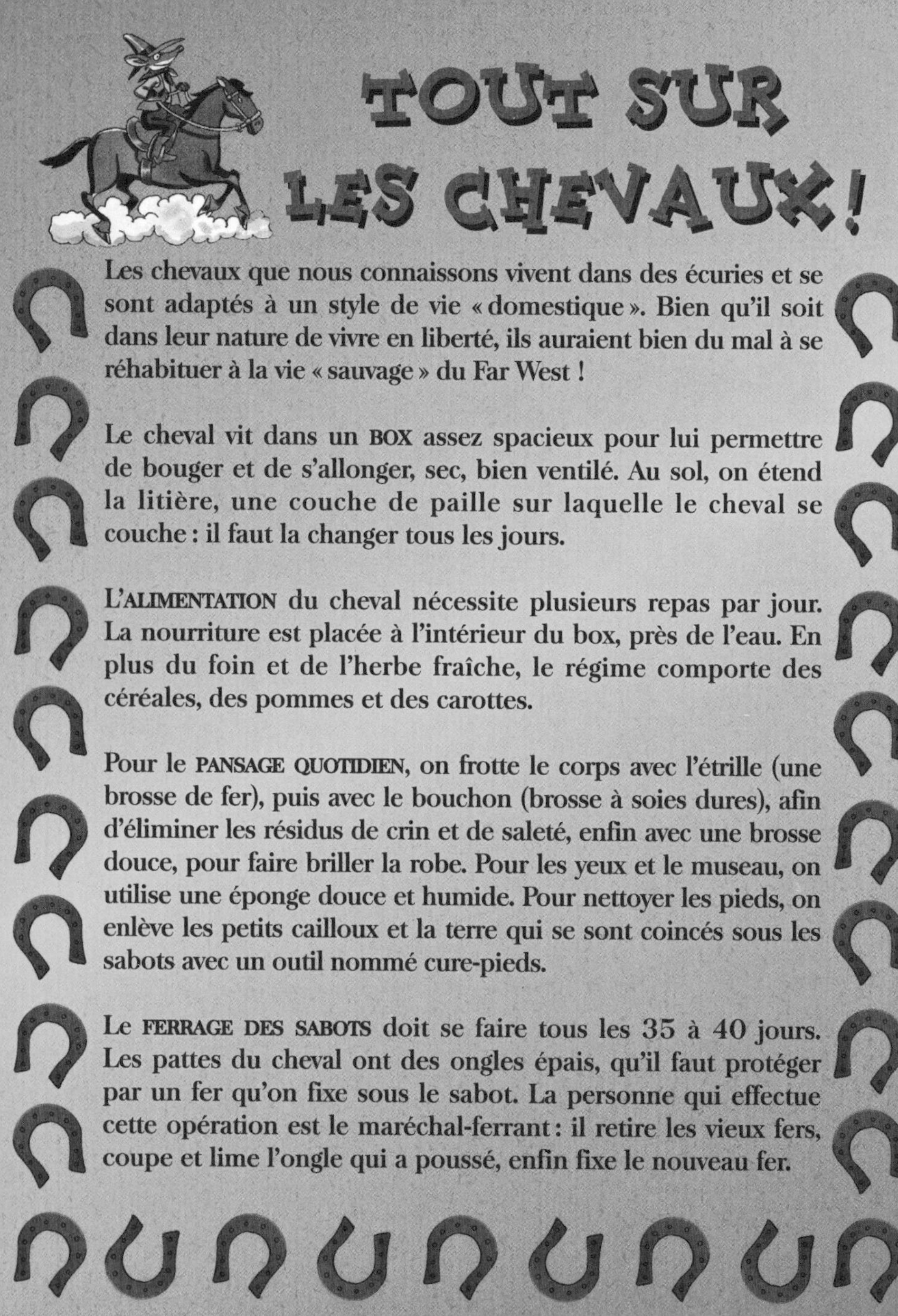

TOUT SUR LES CHEVAUX !

Les chevaux que nous connaissons vivent dans des écuries et se sont adaptés à un style de vie « domestique ». Bien qu'il soit dans leur nature de vivre en liberté, ils auraient bien du mal à se réhabituer à la vie « sauvage » du Far West !

Le cheval vit dans un BOX assez spacieux pour lui permettre de bouger et de s'allonger, sec, bien ventilé. Au sol, on étend la litière, une couche de paille sur laquelle le cheval se couche : il faut la changer tous les jours.

L'ALIMENTATION du cheval nécessite plusieurs repas par jour. La nourriture est placée à l'intérieur du box, près de l'eau. En plus du foin et de l'herbe fraîche, le régime comporte des céréales, des pommes et des carottes.

Pour le PANSAGE QUOTIDIEN, on frotte le corps avec l'étrille (une brosse de fer), puis avec le bouchon (brosse à soies dures), afin d'éliminer les résidus de crin et de saleté, enfin avec une brosse douce, pour faire briller la robe. Pour les yeux et le museau, on utilise une éponge douce et humide. Pour nettoyer les pieds, on enlève les petits cailloux et la terre qui se sont coincés sous les sabots avec un outil nommé cure-pieds.

Le FERRAGE DES SABOTS doit se faire tous les 35 à 40 jours. Les pattes du cheval ont des ongles épais, qu'il faut protéger par un fer qu'on fixe sous le sabot. La personne qui effectue cette opération est le maréchal-ferrant : il retire les vieux fers, coupe et lime l'ongle qui a poussé, enfin fixe le nouveau fer.

UN CAUCHEMAR NOMMÉ... BOUBI !

Enfin, nous arrivâmes au ranch de Douzcoudfusi Douzcoudminuit. Tout y était noir, comme le maître des lieux.

Cet endroit suintait la **MÉCHANCETÉ**, la **BRUTALITÉ** et la ***VIOLENCE*** !

Douzcoudminuit vint à ma rencontre.

– Es-tu prêt, étranger ? Es-tu prêt pour le ***rodéo*** ? Nous allons voir si tu es *fort* !

J'essayai de paraître ***courageux***, mais j'avais une frousse terrible !

Je demandai :

– Euh, à propos, où est Boubi ?

Il ricana :

– Le voilà, Boubi !

J'ÉCARQUILLAI LES YEUX.

Je découvris une énorme bête qui pesait plusieurs

tonnes, avait des yeux rougeoyant comme des braises et des cornes plus **longues** que ma queue !

J'écarquillai les yeux.

– Q-qu'est-ce que c'est que ça ?

Traquenard ricana encore :

– Un **taureau**, ça ne se voit pas ? Il a des cornes ! Et il s'appelle **Boubi** !

Voilà pourquoi Douzcoudminuit était aussi sûr de **remporter** le défi !

Je balbutiai :

– M-mais il est **énorme** !

Il soupira :

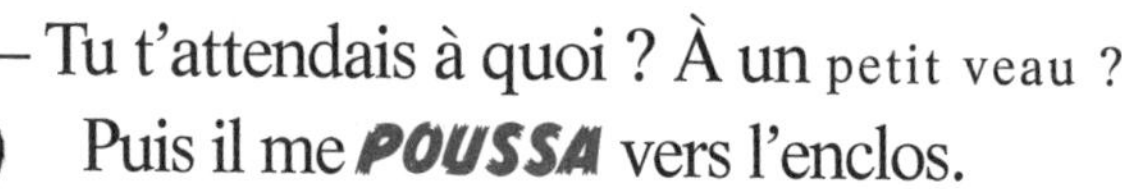

– Tu t'attendais à quoi ? À un petit veau ?

Puis il me ***POUSSA*** vers l'enclos.

– Vas-y, cousin, vas-y !

Je hurlai :

– Ne me pousse pas ! *Je ne supporte pas d'être poussé !*

J'eus une attaque de panique et m'agrippai à la barrière.

– J'ai changé d'idée, **JE N'Y VAIS PAS !**

Téa **hurla** :

– Trop tard ! À toi de jouer !

Traquenard me poussa :

– Allez, ne fais pas le pleurnicheur !

Je hurlai toujours, hystérique :

– Ne me pousse pas ! *Je ne supporte pas d'être poussé !*

Benjamin me fit un bisou.

– Oncle Geronimo, tu vas y arriver. J'ai confiance en toi !

Alors je… pris une profonde inspiration, sautai sur le dos du taureau.

La porte de l'enclos s'ouvrit.

À moi de jouer !

Boubi… le taureau !

POURQUOI POURQUOI POURQUOI ?

J'essayai de m'agripper, tandis que Boubi soufflait, furieux :

– **Sgnuf ! Sgnuf ! Sgnuf !**

Je poussai des hurlements terrorisés :

– **Au secours ! Au secours ! Au secours !**

Le taureau me jeta à terre et essaya de me piétiner. Je réussis à **M'ÉCHAPPER**, mais il me suivit, de plus en plus **FURIEUX**. Il me donna un COUP DE CORNES, qui me projeta en l'air. Après un triple saut, je retombai sur la barrière, rebondis et… atterris sur Boubi !

Soudain, je vis mon neveu Benjamin.

Il tentait de me SIGNALER quelque chose.

Mais quoi ?

1
Au secours !
Au secours !
Au secours !
JE SAUTAI SUR LE TAUREAU
2
Sgnuf !
Sgnuf !
Sgnuf !
QUI ME JETA À TERRE...
3
ESSAYA DE ME PIÉTINER...

4
ME SUIVIT, FURIEUX...

5
ME DONNA UN COUP DE CORNES...

6
ME PROJETA EN L'AIR...

7
JE REBONDIS SUR LA BARRIÈRE...

8
ET ATTERRIS SUR BOUBI...

POURQUOI CRIAIT-IL « ÉPINE » ?

POURQUOI criait-il « épine » ?
POURQUOI désignait-il son oreille ?
POURQUOI faisait-il le geste des cornes ?
POURQUOI POURQUOI POURQUOI ?

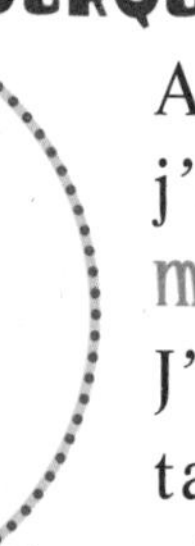

POURQUOI DÉSIGNAIT-IL L'OREILLE ?

Accroché au cou de Boubi, j'essayais désespérément de comprendre.
J'examinai l'oreille du taureau : j'y découvris, plantée... une épine de CACTUS ! *Voilà pourquoi il était furieux !* D'un mouvement vif, je sautai à terre et lui enlevai l'ÉPINE de l'oreille.
Boubi se calma immédiatement.

POURQUOI INDIQUAIT-IL LES CORNES ?

Puis il s'approcha de moi et *s'inclina*, en signe de soumission.

Il avait compris que c'était moi qui l'avais aidé !

Je lui caressai le museau et sautai en croupe.

J'avais dompté **Boubi** !

Benjamin **ACCOURUT** et je le remerciai :

– Merci, tu m'as sauvé !

Nous montâmes sur le dos du **taureau** et fîmes un tour de piste triomphal. Entre-temps, toute la population de Cactus City était arrivée et poussait des hourras **enthousiastes** !

... JE LUI ÔTAI L'ÉPINE...

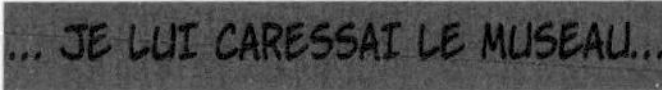

... J'AVAIS DOMPTÉ BOUBI !

ÊTRE FORT... C'EST SAVOIR PARDONNER !

Douzcoudminuit était **NOIR** de colère.
Il n'arrivait plus à comprendre pourquoi Boubi n'était plus FÉROCE ! Il lui hurla :
– Pourquoi n'as-tu pas transformé cet étranger en **chair à pâté** ?
Le taureau, furieux, dressa les oreilles, souffla par ses naseaux, racla le sable...
Et, d'une ruade, projeta Douzcoudminuit en l'air !
Le pistolero retomba à terre et le taureau l'immobilisa sous son sabot.
Douzcoudminuit, très pâle, balbutia :
– P-pitié...
Je lui demandai :
– Tu as compris que tu avais MAL AGI ?
Il répondit avec un filet de voix :
– Oui !

Arrête, Boubi !
P-pitié...

– Tu vas arrêter de faire la brute ?

– Oui !

– Tu rendras l'eau à **Cactus City** ?

– Oui !

Autour de moi, tout le monde criait :

– On va lui faire payer !

– **ENFIN, ON VA POUVOIR SE VENGER !**

– Maintenant, c'est nous les plus forts !

Je dis :

– Il ne faut pas répondre à la violence par la violence. Si, vraiment, nous sommes les plus *forts,* alors nous devons être généreux et trouver *la force de pardonner !* Donnons-lui une leçon qu'il n'oubliera jamais. Montrons-lui que nous lui sommes vraiment supérieurs : au lieu de nous venger… *laissons-le partir !*

Je caressai le museau de Boubi et le convainquis de soulever son sabot.

Douzcoudminuit me regarda avec une nouvelle LUEUR dans les yeux : la lueur du respect.

– Merci, étranger. Oui, tu es vraiment fort, et même très fort… Tu m'as appris que *la véritable force n'est pas physique, mais que c'est celle des idées !* Je rends mon étoile de shérif et quitte mon ranch à jamais. Je vais chercher fortune ailleurs. Mais je ne tenterai plus jamais de m'imposer par la force. Je retiendrai la leçon !

Puis il sauta à cheval, suivi par ses pistoleros… et disparut dans un nuage de poussière.

VIVE LA LIBERTÉ !

Nous courûmes vers le torrent Riobravo.

– Voici le barrage qui empêche l'eau du torrent d'arriver à Cactus City !

Nous l'ouvrîmes et l'eau déferla comme une promesse d'espoir.

Nous criâmes :

– Vive la liberté ! Plus jamais une brute ne commandera à Cactus City !

Oui, la liberté était de retour à Cactus City. Et si, pour y parvenir, il avait fallu payer très cher, cela en valait la peine.

Le courage est le prix de la liberté !

Il faut du courage pour défendre ses droits contre les tyrans, mais ça en vaut toujours la peine !

Le courage est le prix de la liberté !

UNE ÉTOILE DE FER-BLANC CHERCHE UN SHÉRIF

Quand nous fûmes de retour à Cactus City, le juge annonça :

– Cette étoile de fer-blanc cherche un shérif. Mais un *vrai* shérif… quelqu'un qui soit prêt à défendre la **justice** au prix de sa vie !

Tous les habitants de Cactus City s'écrièrent :

– NOUS VOULONS UN NOUVEAU SHÉRIF !

Les enfants de l'*école* dirent :

– Veux-tu être notre nouveau shérif, Geronimo ? Nous avons **CONFIANCE** en toi !

Une petite souris me tendit l'étoile. Bien qu'elle soit en fer-blanc, elle avait une valeur immense… parce que *la justice n'a pas de prix !*

Je remerciai :
– Je suis très **HONORÉ**, mais...
– Alors choisis toi-même notre nouveau shérif !
Je réfléchis longuement, pendant que tout le monde se taisait.
Je ne devais choisir qu'*un seul* rongeur.
Et je devais choisir le *bon* rongeur.
Hummm… pas facile… pourtant…
Je regardais Mick Museauplat. Mick était devenu mon **meilleur ami** à **Cactus City**.

Mick... un beau nom pour un shérif !

Je **LANÇAI** l'étoile à Mick.

– La loi est de retour dans cette ville. Nous avons un nouveau **shérif** !

Il l'attrapa au vol, **TOUT ÉMU**.

– Je ferai tout pour être digne de votre confiance. Je défendrai les faibles, combattrai les brutes, ferai respecter la **justice** !

Dolly fit un bisou sur la pointe des moustaches de Mick, qui devint **cramoisi**.

Tout le monde cria en chœur :

– **HOURRA** pour le shérif Mick Museau-plaaaaaaaaaaat !

Puis :

– **HOURRA** pour *Geronimo Stilton* !

Il est très fort, ce Geronimo Stiltooooooon !

Mais soudain…
Je me retrouvai enveloppé d'un brouillard *épais épais épais* !
Ma tête tournait *toujours toujours toujours* plus !
Qu'est-ce qu'est-ce qu'est-ce qu'il se passait ?

JE POUSSAI UN CRI...

AAAAAAAAAAAAAAAAAHHHHHHHHHHHHHHHHH!!!!!!!!!!!!

BBBZZZZZ...

... et je me réveillai en sursaut.

Je balbutiai :

– O-où s-suis-je ?

J'étais dans *ma* chambre !

Dans *ma* maison !

Dans *ma* ville !

Dans *mon* île !

Je n'étais plus au Far West !

Tout cela n'avait été qu'un rêve !

J'entendis un ronronnement :
bbbbzzzzzzzz...

La télévision était ALLUMÉE.

Le magnétoscope aussi était allumé.

Je me souvins : avant de m'endormir, j'avais regardé un WESTERN !

Voilà pourquoi j'avais fait ce rêve bizarre !

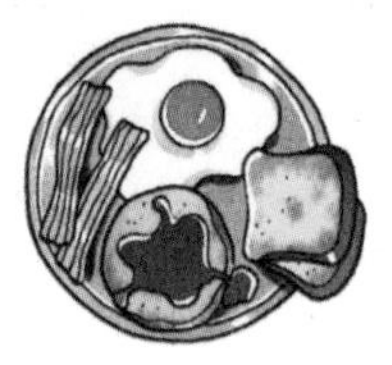

OH, SUSANNA...

Je traînai les pattes jusqu'à la salle de bains et cherchai un seau que je voulais remplir d'**eau** pour me laver.
Mais, soudain, je me rappelai... que je n'étais plus au Far West !
Puis j'allai à la cuisine pour prendre mon **petit déjeuner** et cherchai dans le placard une boîte de haricots.
Mais, soudain, je me rappelai... que je n'étais plus au Far West !

Puis je sortis de chez moi et cherchai mon cheval pour aller au bureau.

Mais, soudain, je me rappelai... que je n'étais plus au Far West !

Alors je compris.

Même si cela n'avait été qu'un rêve, **J'AVAIS LA NOSTALGIE DU FAR WEST !** Et je brûlais d'envie d'y retourner !

Je pris un taxi pour me rendre à *l'Écho du rongeur.*

J'entrai en chantonnant « Oh, Susanna... »

J'annonçai à Téa, Traquenard et Benjamin :

– J'ai envie de voyager. Je veux partir pour le **FAR WEST**... et je veux y aller avec vous !

Ils s'écrièrent, fous de joie :

– **HOURRA !** On va au Far West ! Vive le **FAR WEST** !

Traquenard me poussa vers la porte.

– Il était temps que tu te décides à voyager, cousin !

Je hurlai :

– Ne me pousse pas ! *Je ne supporte pas d'être poussé !*

Une demi-heure plus tard, nous étions déjà à l'aéroport. Une **AVENTURE WESTERN**... nous attendait...

absolument incroyable !
absolument indescriptible !
absolument impossible !

Il me tarde de vous la raconter, chers amis rongeurs. Mais c'est une autre histoire.

Une autre histoire au poil, parole de Stilton...
Geronimo Stilton !

ABC DU FAR WEST

Brides : encore appelées rênes, ce sont des lanières de cuir qui sont attachées au mors du cheval et servent à diriger celui-ci.

Corral : enclos où l'on enferme le bétail. Les colons donnaient également ce nom au cercle de charrettes que formaient les caravanes quand elles s'arrêtaient pour une halte durant leur voyage.

Cow-boy : mot anglais qui vient de *cow* (vache) et de *boy* (garçon). C'est le gardien du troupeau, qui, à cheval, conduit le bétail le long des pistes qui sillonnent le Far West.

Diligence : voiture, habituellement tirée par trois couples de chevaux, qui transporte des passagers et du courrier.

Dompter : entraîner un cheval sauvage pour l'habituer à être monté et dirigé.

Éperon : objet métallique en forme de *u* que l'on attache au talon de la botte. Il sert à presser les flancs du cheval et à l'inciter à avancer plus vite.

Ferme : les premières fermes sont construites par les colons en 1862, quand, avec la loi *Homestead Act*, le gouvernement américain leur distribue des terres.

Galop lent : allure du cheval à trois temps, suivie d'un temps où les quatre pattes quittent momentanément le sol. Par exemple, le cheval part au galop avec le membre postérieur droit, puis déplace le postérieur gauche et l'antérieur droit en même temps, enfin l'antérieur gauche.

Galop rapide : quand le cheval accélère, son allure s'appelle le galop rapide… et le cavalier a l'impression de voler !

Lasso : corde munie à son extrémité d'un nœud coulant. On l'utilisait pour capturer le bétail dans les plaines du Far West.

Mustang : cheval sauvage à la robe tachetée et à la crinière touffue, répandu au Mexique et aux États-Unis, descendant des chevaux introduits par les premiers colons.

Pas : allure lente du cheval, à quatre temps distincts, par exemple postérieur gauche et antérieur gauche, postérieur droit et antérieur droit.

Piste du bétail : parcours que les cow-boys suivent avec leurs troupeaux.

Pur-sang : cheval de prix, notamment de course, qui descend de chevaux de la même race.

Ranch : grande ferme au milieu de la prairie, où l'on élève le bétail.

Rênes : voir *Brides*.

Rodéo : concours d'habileté entre cow-boys, qui doivent chevaucher sans selle et le plus longtemps possible des chevaux et des taureaux qui n'ont pas encore été dressés.

Saloon : bar typique du Far West, où l'on mange, joue aux cartes, écoute de la musique et danse.

Selle : elle est en cuir et s'attache sur le dos des chevaux pour qu'on puisse les monter plus facilement.

Shérif : il est responsable du respect de la loi et du maintien de l'ordre dans les villages du Far West.

Trot : allure naturelle du cheval en deux temps. Les membres du cheval avancent en diagonale deux par deux (par exemple, l'antérieur droit et le postérieur gauche) dans un mouvement simultané.

Western : adjectif se rapportant à l'époque du Far West.

Table des matières

DANS LA MÊME COLLECTION

1. Le Sourire de Mona Sourisa
2. Le Galion des chats pirates
3. Un sorbet aux mouches pour monsieur le Comte
4. Le Mystérieux Manuscrit de Nostraratus
5. Un grand cappuccino pour Geronimo
6. Le Fantôme du métro
7. Mon nom est Stilton, Geronimo Stilton
8. Le Mystère de l'œil d'émeraude
9. Quatre Souris dans la Jungle-Noire
10. Bienvenue à Castel Radin
11. Bas les pattes, tête de reblochon !
12. L'amour, c'est comme le fromage...
13. Gare au yeti !
14. Le Mystère de la pyramide de fromage
15. Par mille mimolettes, j'ai gagné au Ratoloto !
16. Joyeux Noël, Stilton !
17. Le Secret de la famille Ténébrax
18. Un week-end d'enfer pour Geronimo
19. Le Mystère du trésor disparu
20. Drôles de vacances pour Geronimo !
21. Un camping-car jaune fromage
22. Le Château de Moustimiaou
23. Le Bal des Ténébrax
24. Le Marathon du siècle
25. Le Temple du Rubis de feu
26. Le Championnat du monde de blagues
27. Des vacances de rêve à la pension Bellerate
28. Champion de foot !
29. Le Mystérieux voleur de fromages
30. Comment devenir une super souris en quatre jours et demi
31. Un vrai gentil rat ne pue pas
32. Quatre Souris au Far West
33. Ouille, ouille, ouille... quelle trouille !
34. Le karaté, c'est pas pour les ratés !

- Hors-série

  Le Voyage dans le temps
  Le Royaume de la Fantaisie
  Le Royaume du Bonheur

L'ÉCHO DU RONGEUR

1. Entrée
2. Imprimerie (où l'on imprime les livres et le journal)
3. Administration
4. Rédaction (où travaillent les rédacteurs, les maquettistes et les illustrateurs)
5. Bureau de Geronimo Stilton
6. Piste d'atterrissage pour hélicoptère

1
2
4
8
3
18
9
13
12
19
11
10
17
15
Fleuve Souris
28
5
22
20
26
7
23
27
14
16
25
21
24
36
40
37
38
29
31
41
Plage
32
34
33
6
30
42
43
39
35

Sourisia, la ville des Souris

1. Zone industrielle de Sourisia
2. Usine de fromages
3. Aéroport
4. Télévision et radio
5. Marché aux fromages
6. Marché aux poissons
7. Hôtel de ville
8. Château de Snobinailles
9. Sept collines de Sourisia
10. Gare
11. Centre commercial
12. Cinéma
13. Gymnase
14. Salle de concerts
15. Place de la Pierre-qui-Chante
16. Théâtre Tortillon
17. Grand Hôtel
18. Hôpital
19. Jardin botanique
20. Bazar des Puces qui boitent
21. Parking
22. Musée d'Art moderne
23. Université et bibliothèque
24. La Gazette du rat
25. L'Écho du rongeur
26. Maison de Traquenard
27. Quartier de la mode
28. Restaurant du Fromage d'Or
29. Centre pour la Protection de la mer et de l'environnement
30. Capitainerie du port
31. Stade
32. Terrain de golf
33. Piscine
34. Tennis
35. Parc d'attractions
36. Maison de Geronimo Stilton
37. Quartier des antiquaires
38. Librairie
39. Chantiers navals
40. Maison de Téa
41. Port
42. Phare
43. Statue de la Liberté

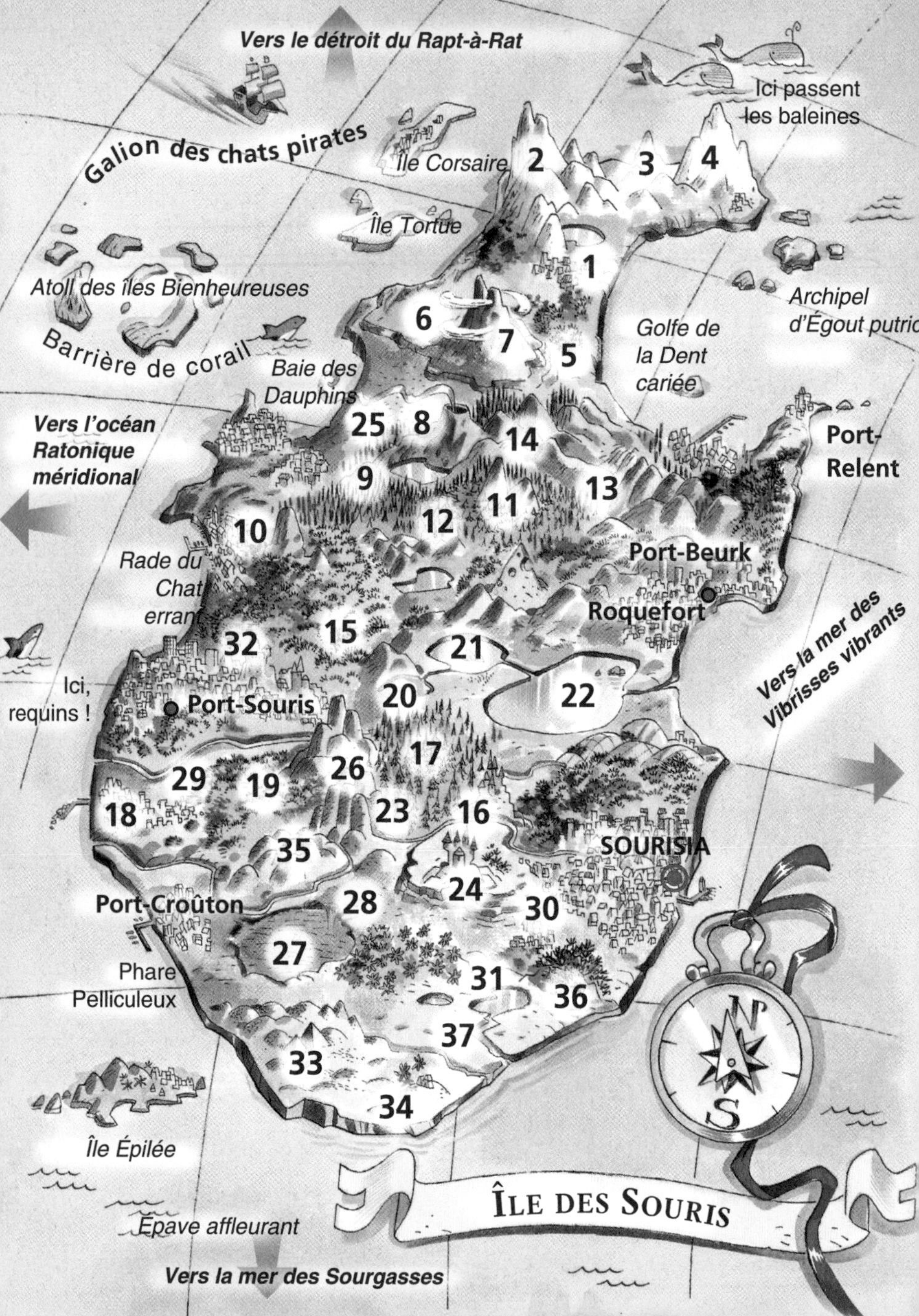
Vers le détroit du Rapt-à-Rat
Ici passent les baleines
Galion des chats pirates
Île Corsaire
2
3
4
Île Tortue
1
Atoll des îles Bienheureuses
Archipel d'Égout putrid
6
7
5
Golfe de la Dent cariée
Barrière de corail
Baie des Dauphins
Vers l'océan Ratonique méridional
25
8
14
Port-Relent
9
13
11
12
10
Port-Beurk
Rade du Chat errant
Roquefort
15
32
21
Vers la mer des Vibrisses vibrants
Ici, requins !
20
22
Port-Souris
17
26
29
19
18
23
16
SOURISIA
35
24
Port-Croûton
28
30
27
Phare Pelliculeux
31
36
37
33
34
Île Épilée
Île des Souris
Épave affleurant
Vers la mer des Sourgasses

Île des Souris

1. Grand Lac de glace
2. Pic de la Fourrure gelée
3. Pic du Tienvoiladéglaçons
4. Pic du Chteracontpacequilfaifroid
5. Sourikistan
6. Transourisie
7. Pic du Vampire
8. Volcan Souricifer
9. Lac de Soufre
10. Col du Chat Las
11. Pic du Putois
12. Forêt-Obscure
13. Vallée des Vampires vaniteux
14. Pic du Frisson
15. Col de la Ligne d'Ombre

16. Castel Radin
17. Parc national pour la défense de la nature
18. Las Ratayas Marinas
19. Forêt des Fossiles
20. Lac Lac
21. Lac Lac Lac
22. Lac Laclaclac
23. Roc Beaufort
24. Château de Moustimiaou
25. Vallée des Séquoias géants
26. Fontaine de Fondue
27. Marais sulfureux
28. Geyser
29. Vallée des Rats
30. Vallée Radégoûtante
31. Marais des Moustiques
32. Castel Comté
33. Désert du Souhara
34. Oasis du Chameau crachoteur
35. Pointe Cabochon
36. Jungle-Noire
37. Rio Mosquito

Au revoir, chers amis rongeurs, et à bientôt pour de nouvelles aventures.
Des aventures au poil, parole de Stilton, de...

Geronimo Stilton